鈴木太郎 詩集

谺する風景

東方社

谺する風景　＊　目次

I

風景

II

階段

Ⅲ　街頭

＊表紙　題字・挿画・扉カット　中原道夫

谺する風景

I　風景

谺する風景

ふと立ち止まってしまう風景
それは決まって秋の夕暮れ
広い野原がひろがっている

遠くには薄紫に染まった山の尾根があって
村のはずれに低い屋根が連なり
高い樹木が並んでいる

誰かが叫ぶと
誰かが叫んでいるように
谺がかえってくる風景

そのなかにじっと息をひそめる

人が生きるということは
ありのままがいいのだ
つまらない相克にまみれた
いつわりの衣装が多すぎる

陽が落ちていくのは早い
なにもかもつつんでしまうのか
風が冷たくなって
少しだけ強く吹いてくる

歓喜のあとに残されたのは
不覚にも流してしまった時間の闇
沈んでいくのは　谺する風景

蒼い風景

駈けだして見たくなる蒼い風景
に出会ったことはないか
たとえば
秩父連山がくっきりと立ち現れたときのように

マンションの五階までの階段の途中で
息を切らして立ち止まったとき
遙か向こうの方から
呼びかけてくるのだ

いままでとは違った想いが重なる
国会をとりまく人たちの
怒りの声と
生きているありのままの姿と

証人喚問で真実をのべると宣誓しながら
刑事訴追の恐れがありますので
答弁を差し控えたい
と繰り返していた人の姿と

忖度や虚偽ではなく
誠意という言葉に向き合って
どのように生きていくのか
息を整えながら重たい扉を開く

季節は新緑と歓喜に燃えている
この蒼い風景
駈けだして向かっていくか
清冽な風とともに

夜を拓く

厚みのあるカーテンを引くと
夜の景色になる
ほんの少しの隙間から
細長く洩れてくる外の明るさ

安心のできる空間に
身をゆだねていると
たった一日という短さのなかで
心地よい揺籃がやってくる

福島から送られてきた
桃がある
ふっくらとした丸み
ちょうど手ごろな硬さ

ここまで育ててあげてきた
人たちの温かみと
安全のために施された
愛の深さがそこにある

さっと洗って薄く皮をむいて
食べごろの大きさに切る
口いっぱいにひろがる食感のよさ
甘さと香り　うまい！

小さな灯りをつけてみる
ここからの夜を拓く
秩父の山稜の向こうには
まだ薄紫と桃色の空がひろがっている

それは人が生きていくための
心のぬくもり
これくらいの
明るさと暗さがちょうどいい

闇を拓く

闇というものは
壁を厚く積み重ねていくものなのか
夜の景色を潰していくものなのか
希望を絶望に変えていくものなのか

闇のなかでは
喧噪と静寂とが乱れる
重心をなくした立体が
ゆらゆらと揺れるがままだ

「闇に咲く花」
は井上ひさしの舞台
戦争で記憶をなくした逞しい男の生きざまが
哀れでならなかった

闇がまたよみがえる
あの顔の表情
ことばの勢い
躯の震え

闇を拓く
小さな灯りをつけてみる

闇はどこまでも闇なのだろうか

冬の月

単純に寒いのです
深い夜の中に身を鎮めています
蒲団にもぐっています
体をくの字にしています

風邪の症状を軽くみていたのです
三八度八分の熱に襲われたのです
体がふらふらになってしまいました
近くのクリニックに駆け込む羽目になりました

総合感冒薬です（アルコールはさけてください）
咳を鎮める薬です（眠気やめまいをおこすことがあります）
痰の切れを良くする薬です（甘味のある粉薬です）
食後に服用すると睡魔の誘いがやってきます

まだまだ寒いのです
夜の夜の中に沈んでいきます
生きていることを忘れているようです
明日など決してこないようです

親しくしていた友から知らせが届きました
闘病中だった妻が亡くなったというのです
悲しみのあまりことばがでませんでした
おたがいの息づかいだけが時を刻んでいきました

ふと窓からひろがる空が見えてきました
冬の月が冴えわたっているのです
威風堂々としているのです

こころの痛みがつづいています

ただ単純に

ただ単純に寝てしまったことが悔いとなって
予定をしていたことがらが
もろくも崩されてしまったのです

厳然とした現実が襲いかかってきて
想像する根拠さえもなくなってしまったのです
人が生きていることのむなしさを
肌身に沁みてきたのです

たった少しの体の変調が誇張されて

悲鳴をあげてしまったのです
その声がどこまで届いたのか
届かなかったのか知れません

同年輩と思われる詩人の便りには
心筋梗塞、糖尿病、脳梗塞とアルツハイマー
さらに横紋筋融解症という筋力が低下する病で
歩行さえも困難になった——と記されていました

ひとりの人間にかくも多くの難題を
被いかぶせてしまったのです
なぜなぜなぜ　と問い詰めてみたいのです
埋められていく土地の上にできあがる
新しい土地のようにはならないのです

自然の営みがほしいのです

夜は夜のあいだ
夜であったことを
自覚していたのです

二月から三月へ

二月から三月へ移る瞬間があった
それは長い期間
待つことの事実だった

街路樹の根元の隙間に
小さな緑の芽が出てきている
たしかな成長を主張する
それはチューリップの命だった

ゴドーを待つ男も

世界の涙の総量は不変だ
誰か一人が泣きだすたびに
どこかで誰かが泣きやんでいる

こんなせりふをいうのだから
この世界に生きていることの確かさを
最後の瞬間まで見届けてやることだ
と思えるのだ

秩父の稜線が
灰色の風景から
明るい陽射しの向こうに
柔らかな表情を見せるようになった

待つことの楽しみでもあったのだ

目には見えない
二月から三月に移る瞬間が

なにもない街への断片

なにもない街は
茜色の風が吹いていました
なにもない茶色になってしまった大地は
静かに眠っているようでした
なにもない街の丘の上で
温かい番茶をふるまってくれる人びとがいました
ここはなにもなくなってしまったから

なにかをはじめなければならないのですね

なにもないということは
たやすく近づいてはいけないということですか

ここで詩を読み上げていいですかといえないので
こころの叫ぶままに沈黙していました

なにもない街に咲いた一輪の黄色い花は
生きていくためのシンボルだったのです

海が広く深く果てしなく輝いていました
うそのようだと眺めていました

なにもない街で紙飛行機が飛んでいました

空がいちめんにひろがっていました

こころのなかでは　生きて生きて生きて　と
何回も　叫んでいたのです

なにもない街でなにもできなかったのです
本当になにもできなかったのです

空と海と青と

そのとき目にとびこんできたのは
たしかに空と海の青さだった
急峻な坂を上り詰めたところが
石巻の日和山公園だった

海がずいぶんと近くにあった
眼下に横たわるわずかな地平には
なにもなくなってしまった風景が
侘しく横たわっていた

大きな寺院の瓦屋根が
その重さに沈みかけている
樹木が白くみえるのは
製紙工場の紙が飛び出したからだ

道路が道路の存在を
しめしているのが不思議だった
向こうが仙台塩釜港でこちらが石巻漁港だと
教えてくれる老人がいた

とてつもない巨大な津波の映像を
小さな画面で息をつめて見つめていたことが
この地点に立ち尽くしてみると
信じられないほどの悔しさになってきた

すでにあの地に立ってから三年が過ぎた
仙石線も開通された
桜やツツジも咲き
小鳥も飛び交っているだろう

街の地蔵さんたちをめぐってみたい
こいのぼりの泳ぐ門脇町や南浜町を歩いてみたい
記憶が記憶として意識しているいまを確かめてみたい
空と海はたしかに青かった

壁への選択

Ⅰ

ある空間に壁ができてしまった
闇が深くなっていく
心は幽閉されるべきでないと叫ぶ
両手を大胆にひろげてみる
選択すべきことがらが迷路に転がっていく

Ⅱ

ある死者を葬るときが必ずくる
そのときに嗚咽も慟哭もなかった
ということが処刑の対象となる
心の冷淡さが罪になるというのだろうか
壁に向かっての宣告は誰が決定するのだろうか

Ⅲ

ある人びとがそろったからといって
壁への選択を求められたとき
思いをひとつにできるものではない
突き詰めてゆくさきには咲く花はあるのか
乗り越えてゆくべきさきには空の深みがあるのか

Ⅳ

ある時刻からはじまる予定調和の響きは
鮮やかでもなく華やかでもなく
挽歌のように反映していく
すべてのものがひとつにはならない選択
それは　ある空間にできてしまった壁

Ⅱ 階段

階段

なくてはならないものであるのに
困ったものである
階段である
それが曲者なのである

朝いちばんに
決められた曜日のゴミを運ぶために
降りていく
ポストの新聞をもってのぼる

五階まで階段は六十一段である
はじめの五段で一階の扉がある
次の七段で踊り場がある
くるりとまわって七段昇ると二階の扉がある

くるりくるりと八回まわると
五階の扉が待っている
なかなか一気にはいかないので
三階あたりで遙かに見える山の稜線を確かめる

昼は昼で買い物や集まりがあり
たまには駅前の署名活動にもでかける
夜は夜で自分のめざす所へ出かけ
深夜になっての帰宅となる

階段は目の前に立ちふさがり
困ったものだと思いながら
疲労のかたちを背中にまるめて
ひとつひとつ克服していくより仕方がない

夜の向こうから

夜の向こうからやってくる朝
闇を溶かしていくぼんやりとした色彩
空をひろげていくはかない希望
そして人の眠りをさましていく夢

だが明るくなると
夢は消えていくのだ
夜は夜のための夜で
あってほしいと願っているのだ

地球の自転の速さ
秒速５００メートル＊
一日２６０万キロメートルというが
この速さでなにをめざせばいいのだろうか

睡魔におそわれたままの姿勢で
立ち上がることさえできないとすれば
たちまち遅れてしまうではないか
あしたなどというものはすぐに来てしまう

ならば　あけがたに人はやってくるのか
あけがたに茜色をした花は
つぼみをふくらませるのか
あけがたに淋しく降る雨は音もなく落ちてくるのか

境界線のない時間のつづくひろい海にも
かけがえのない希望や夢がひろがるのか
そしていとしい人たちがめざめるとき
朝はたしかに夜の向こうからやってくるのか

＊仙台合唱団若星Ｚ☆「明日をめざして〜秒速５００ｍで」による。
実際の秒速は４６４〜４６６ｍといわれている。

眠れぬ夜に

眠れぬ夜がつづいた
不安定な空が冴えていた
単純な思考は
不条理な世界を理解できないままであった

——ひつじがいっぴき
ひつじがにひき
ひつじがさんびき
ひつじがじゅっぴき

ことばが宙返りして
イメージが嘲笑っている
それでも追い求めるものは
おのれらしい生きざまのはずであった

心につきささったままの
ひそやかな残響は奈落の底へと落ちていくのか
重みに耐えきれないままの
赤い炎は孤立して叫びを残していくのか

あれは金星？
ひとつだけの輝き
なんともわびしくてさびしい夏の空だ
眠れない夜はますます深くなっていく

――ひつじがにじゅっぴき
ひつじがさんじゅっぴき
ひつじがごじゅっぴき
ひつじがひゃっぴき

安易なごまかしを拒否したまま
夜から朝へとやわらかに染めていく世界がある
なぜか眠れぬ夜に
なぜか地球の呼吸を感じてしまっている

この空を

この空を　ほんとうの空に
ひびくことばが伝わるように
この空を　ほんとうの空に
あかるくこだまがひろがるように
この空を　ほんとうの空に
明日へいのちがつながるように

言の葉の中で

あっ！　これは詩人の言葉だ
と　思うことがある
どんな芝居を見ていても

多分
それは人の生き方にかかわっている
からでもあろう

劇作家の言の葉は
登場人物を創造的に生み出し世界を語る

独自の世界観を完成させていく
――ぼくの部屋の窓からも月の光が射し込んでくるよ。
　まるで雪のようだね。月の光は＊。

この夏に見た芝居にもこんなせりふがあった
月の光に希望を込めて生きていく若者たち
その姿を確かな核としたい

＊東京演劇アンサンブル「千年ユニコーン」から

出会い

I

ふと人の名前を忘れてしまった
あのときの　あの顔の　あの表情だ
あ・い・う・え・お……
順々にあてはめていくが
どうしてもでてこない
劇場を出て風にあたる
あっと声にする
思い出したその名前

Ⅱ

いつものように人と出会う
あの女性どこかであったが名が出てこない
——お久しぶりで　などというと
無難なように思うのだが
——この前　会ったばかりよ
といわれそうだったので
——お元気でしたか？
とまどいの笑いをつくった

Ⅲ

劇場とは
不思議な世界である

舞台で演じていた人たちが
普通の人のようになって
笑いながら座っていたりするからだ

ごんぼ、食いたい

おかんの夢を見た
なんでかしらんが
京都の大文字の送り火の晩やった

ふっくらした顔で笑っているんや
きれいな着物の姿や
生きてるときとはだいぶん様子が違う

あれはいつやったか
もうあかんさかいにというて

親戚みんなが集められたのが
八月の中ごろやった

それから一カ月も
意識のないままに病院で過ごした
側についていてしんどうなったとき
ごんぼ、食いたい　と言った

なんでいま
ごんぼ　やねん
と　びっくりしたのだが
深い眠りは続いていた

おかんの夢は見たけど
おとんの夢はまだ見たことがない

河内が好きや

――よっ、われどこからきたんな
――そうけ、あんじょうしたりや
――えらいこっちゃのう
――おんどりゃなめたらあかんぞ

河内弁は
怖い汚いということになってるけど
そんなことはない
人情味たっぷりのことばなんや

あるとき東京・池袋の居酒屋で
北河内と中河内と南河内と
それぞれの由緒もってる三人のおっさんが
話したことがあった

河内でもどこがええとか悪いとか
北河内は京言葉がまじってるしええほうや
悪いのはそら中河内やで今東光やもん
と　いうことになったが

そんでも憎めへんな
なんも怖いこともないし汚いこともない
河内が好きや、で一致した

——エーさては一座の皆さまへ

ちょいと出ました私は
お見掛け通りの若輩で
ヨーホーホーイホイ
（ハァー　イヤラコラセー　ドッコイセー）

近露の湯

——熊野古道・中辺路で

ゆったりとした湯につかっている
たった二人の湯船
たった三つのがらんしかない
それでも満足なのだ

窓のむこうは日置川の川原
秋の風がすすきの群れを揺るがしている
陽は沈む前の明るさで
空をそめている

さっきまでいた外国人たちの
笑い声がまだ響いてくる
湯の温度は四十度くらいか
じっくり体の内から温まってくる

近露温泉は
一軒の民宿と
一軒の温泉場しかない
だからいいのだ

近露王子の里は
王子のなかでも最も古いもののひとつ
秘境の地でもある
そこにあるのは地元の人の優しさ

自然の温泉だからつるつるした湯が特徴である
ナトリウム、炭酸水素塩、塩化物質の成分があり
筋肉痛や神経痛にも効果がある
ひすいの湯とはよくいったものである

ゆったりと湯につかっていると
時間を忘れ
まんまるな心になっていく

旅を探して

――畏友・白川憲明君に

故郷への旅を探して
出かけたままの君へ
便りを投函したよ

花の一輪も捧げられないまま
一年が過ぎてしまった
時の流れが哀しくて

香川県三豊市出身だから
ペンネームは「三豊　香」

若い輝きのときには
同じ金属工場で働く詩の仲間だった

たがいに
遠隔の地で住むことになっても
同じ道筋を確かめあっていた
兄弟のような関係であった

老いても変わらぬ心の架け橋は
がんとの闘いでも笑顔をたやすことはなかった
君の家で宿泊したときはよく飲み交わした

最後に逢ってから半年
七十歳で逝ってしまった
君は　知っているだろうね

便りの送り先は
香川県三豊市詫間町粟島の
漂流郵便局

いつか故郷の旅を探して出かけていくよ

Ⅲ　街頭

はたはたと旗は

——某著名人の鞄持ちをしたとか
手を握ったと
実績のない虚像に異存し誇示するだけでは
運動体自体が活性化しないだろう。
（中正敏「ジンテーゼ」から）

ちいさなちいさなちいさな
ひとりだけの
旗をかかげてみる

見えてくるものはなにか
いつまでもこんなことをしていていいのか
という山稜がそこにあって

山に登っていることが至福のときだ
という人がいるが
歩くことさえ出来ない人もいる

九十七歳の詩人・中正敏さんの言葉が新鮮な記憶となって
固くなった心がほどけていく
風の中ではどうしても叫んでみたくなる
なぜか山の空は明るくなっていく

ぼくの旗は
ちいさな旗は

ひとりだけの旗は
はたはたはたと
旗は

軽子坂から石畳の路地へ

——故・中正敏さんに

飯田橋から西にのぼっていくと
軽子坂がある
揚場町と神楽坂2丁目の境だが
ひとりの詩人がたたずんでいる

そう　そこは
中正敏さんの散歩道だった
軽子坂と石畳の路地を
いっしょに楽しんだ日があった

隅田川から神田川をさかのぼってくる
荷積を揚げ降ろししたから揚場町
神楽河岸の船着場から荷を運ぶのは軽子たち
その軽子たちが通ったから軽子坂

軽子は何を運んだのか
さだかではないようであったが
中さんの作品では
水甕を運ぶと記されていた

いまは大手企業のビルが立ち並んでいる軽子坂に
ある朝
靴が片方だけが残されていた
そんな風景も作品にした詩人だった

揚場町に住み
和服姿でくつろぐ詩人の風格にふれたときもある
街頭演説をきくときの庶民的なジャンパー姿と
また違った風情があった

軽子坂をゆるやかに昇っていくと蝉の声
路地を曲がっていくと打ち水された石畳
詩人の積み重ねられたことばの豊かさに教えられながら
始まったばかりの夏の太陽を見上げていた

短詩抄

連爪

――4・28屈辱の日に

見ろよ！　あの72枚の黒い連爪を
沖縄・瀬嵩の浜に舞い上がった瞬間を
真っ青の空と海を背景にした映像が届く
静寂な画面から伝わってくる怒りと叫び
繋がっている心とこころ

かくれくまのみ

——東京書こう会へ

かくれくまのみという魚は
ことさらに色鮮やな縞模様をもっている
うたがうことさえ知らないままに
からころからころと泳ぎまわる
いったいどこにかくれるというのだろうか

苦悩の表情

苦悩の表情を見せると人は詩人になる
そのひとことの台詞が印象的だった
半世紀も詩を書いてきた詩人のことばである

眼の深さ

——宮本勝夫〈「福島」のおんば〉に寄せて

その顔は
悲嘆にくれているのか
怒りに満ちているのか
空に浮遊しているのか

宮本勝夫が描いた一枚の板画
〈「福島」のおんば〉を
平和美術展の会場で見る

老いた女の大写しの顔の下には

原発が爆発して炎と噴煙が立ち昇っている
大胆に問いかけてくる粗削りの構図

空の青には灰色が重なり
炎のわずかな部分が濃いオレンジ色で
崩壊していく建物は淡くにじむ色だ
海の青は次第に遠のいて

〈体内被曝〉のイメージ
凝固されたおんばの顔に刻まれた眼の深さ
恐ろしいほどの迫力がある

この作品を彫り上げた
宮本勝夫の眼は
充血したままだった

夕焼けの街・渋谷

美しい夕焼けがひろがっている
街のすべてが燃えている

街の中をすすむのは
たくさんの人たちだ
カラフルなパレードだ
声を張り上げる気持ちになってくるのだ

――原発事故は　おわってないぞ
あれから5年　収束してない

フクシマは　怒ってるぞ！
いのちを返せ　ふるさと返せ

軽快なリズムが響く
アフリカ太鼓やドラムが響く
声はひとつになって響く
夕焼けの空に響く

「原発のない未来」
鮮やかな色彩のポスターを掲げている親しい友に
偶然に出会えて嬉しくなる
とびきりの笑顔で快哉を叫びたくなる

人々は意気高く広い坂道を進んでいく
楽隊はまだ鳴り止まない

夕焼けの街は美しい

＊２０１６・３・２６「原発のない未来へ」大集会に参加して

いたばしの箸

いたばしの箸
を持たせてもらった
たしかに軽い

いいものを持っているでしょう
飲めないと思っていたその人が
一合の日本酒に頬を染めている
うれしそうな顔をしている

重たいものはだめなんです

ほほほ　ときれいな声で笑う
うれしそうに目じりの皺が深くなる
ほうれい線がゆるやかになる

皺のない能面のようでは魅力がないでしょう

ヨガをしているときは鏡を見て
自分でも美しいと思うことがある
好きなことをして楽しんで

気のあった人たちとの語らいがいいのよ

外にでるとつきささる風さえ心地よい

「千と千尋の神かくし」

いたばしの箸が歌う

五月に乾杯

智さんよ
しばらく会っていないが
久しぶりに
乾杯でもしようではないか

こんなにも賑やかに囃したてて
大騒ぎをしていても
日常の暮らしは
何も変わっていないからね

地元の小さなメーデーに参加して
「青い空は」を歌って
年金者組合がつくった百円の弁当を食べて
二百円の缶ビールを飲んで

五月に咲いた花を見つけて
五月の風に吹かれて
五月の空に泳ぐ鯉のぼりをながめて
五月の響く声を確かめて

何かが狂っているけど
何かが隠されているけど
まなこを開いてみないか
頭を回転させてみないか

——これらの現実にかかわらず
　地球は、今日もあすもまわっている*

なあ　智さんよ
俺たちの五月に乾杯しようぜ

*宮本百合子「五月のことば」から

五歳の戦争

戦争のときは五歳やった
覚えているで空襲の怖さも
食うもんがなかったことも

京都から大阪の軍需工場に
徴用された父親といっしょに
家族そろって社宅に移り住んだ

いつも空が暗くて
よう雨が降っていた

俺は押し入れの隅で縮こまっていた

腹が減ってたまらんかったとき
向かいの家の畑から
青い小さいトマトをちぎって
母親にえらい怒られた

B29が焼夷弾を落としていくのを
雨戸の隙間から見上げていた

一軒向こうの家がやられた
ぼうぼうたる炎の色も記憶に残っている

五歳の体に
体に染みついている戦争

戦後民主主義の一年生は背筋を伸ばして生きている

ある日街頭で

降りしきる雨の中
日の丸の波が押し寄せて
ひとりの男にスポットライトがあたった

群衆は一斉に歓声をあげた
万歳を叫ぶ声もある
異様ともいえるどよめき

北朝鮮の脅しに負けてはならない！
得意満面の自己満足の演説

「負けるな安倍総理」「安倍総理頑張れ」
呼応するプラカードの群れ

異常を異常とも思わない
真実が真実でなくなる恐怖が
強風をともなってやってくる

居丈だけの絶叫が夜の空に谺している
威圧する壁の向こうに冷気が走る

雨は激しく降りつづいている
濡れた路上に
ちぎれた日の丸

七月の太陽

あなたが誕生したのは七月だ

人が人を愛するやさしい心が
確かな礎となってひろがっていった
ひとりひとりの善意という意志を培い
地球の回転とおなじように呼吸をつづけてきた

あなたは
闇の深い時代がつづいたときにも
かすかな光りと確固とした未来を描き

岬の灯台のように立ちあがっていた
ひろがる海の波頭のように
つきることのない歴史を信じてきたから
向かい風にも胸をはり
声を挙げて走りつづけてきた

あなたは
いつのときも戦争反対の旗幟を鮮明にして
いのちをかけてきた
貴重な時間を刻みつづけてきたのだ

風に揺れていた苗木も
いま大樹になって花を咲かせ葉を繁らせている
それぞれの歴史を積み重ね

紺碧の空は強靭な響きを讃えている

あなたは
明晰な理性とともに
新しい地平にたっている
太陽は頭上に輝いていた

あなたが誕生したのは七月だ

跋

はたはたはたと、旗を

——鈴木太郎詩集『谺する風景』の世界

中原道夫

詩人鈴木太郎のことを、ぼくはほとんど「鈴木さん」と呼ぶことはなく「太郎さん」と呼んでいる。それは、とくべつに意味があるわけではないが、彼の持つ庶民的な人間性、人柄が、そう呼ばせてしまうのだろう。

彼は三十年に亘り全国紙のテレビ・ラジオ、演劇担当などの記者として活躍してきた詩人であるが、今も元気で、演劇ライターとして、月に二十本以上の舞台を観て廻っている。演劇は舞台と観客とが一つになって感動を創りだす世界であるが、それは人生の縮図とも言ってよいだろう。その人生の縮図にいつも触れていることが、彼を堅苦しい「鈴木さん」ではなく、気軽な「太郎さん」という人柄につくり上げているのかも知れない。鈴木には、すでに六冊の詩集があるが、この『谺する風景』は傘寿を記念しての七冊目の上梓である。

誰かが叫ぶと
誰かが叫んでいるように
谺がかえってくる風景
そのなかにじっと息をひそめる

人が生きるということは
ありのままがいいのだ
つまらない相克にまみれた
いつわりの衣装が多すぎる

陽が落ちていくのは早い
なにもかもつつんでしまうのか
風が冷たくなって
少しだけ強く吹いてくる

歓喜のあとに残されたのは
不覚にも流してしまった時間の闇
沈んでいくのは　谺する風景

（谺する風景——後半）

「谺がかえってくる風景」とは、己の人生を振り返ってみる風景ということなのだろうか。聴こえてくる谺の声。それは、高遠な論理でもなければ、小難しい人生哲学でもない。「人が生きるということは／ありのままがいい」という平凡で完全極まりのない言葉こそ、鈴木が長い人生でかちえた真実なのだ。そして、「マンションの五階までの階段の途中で／息を切らして止まったとき／遙か向こうの方から／呼びかけてくる声」（蒼い風景）でもあるのだ。鈴木は「夜を拓く」の中でも生きていく上での幸せについてこんなふうに言っている。

小さな灯りをつけてみる
ここからの夜を拓く

秩父の山稜の向こうには
まだ薄紫と桃色の空がひろがっている

それは人が生きていくための
心のぬくもり
これくらいの
明るさと暗さがちょうどいい

今、現代社会でいちばん欠如しているものは、心の温もりであり、労りの気持ちだろう。それは煌びやかなイルミネーションでもなければ、豪華なシャンデリヤでもない。それは「秩父の山稜の向こうにひろがっている薄紫と桃色の空」だと言う。それは文明という名において、打ち消されていく心の灯なのだ。だから、鈴木はきっぱりと言う。「これくらいの明るさがちょうどいい」と。これは、たんなる言葉ではない。走り出して停まることのない文明に対しての一つの批評でもあるのだ。

この空を　ほんとうの空に
ひびくことばが伝わるように

この空を　ほんとうの空に
あかるくこだまがひろがるように

この空を　ほんとうの空に
明日へいのちがつながるように

（この空を）

この空とは、いまぼくらの前に暗く覆いかぶさっている空のことだろうか。その空の下で醜く蠢いて生きる人類。鈴木はそれらの世界を、透明なほんとうの空に戻したいのだ。そしてその思いは鈴木自身の強い心の動きとなっていく。

見えてくるものはなにか
いつまでもこんなことをしていていいのか

という山稜がそこにあって
山に登っていることが至福のときだ
という人がいるが
歩くことさえ出来ない人がいる

九十七歳の詩人・中正敏さんの言葉が新鮮な記憶となって
固くなった心がほどけていく
風の中ではどうしても叫んでみたくなる
なぜか山の空は明るくなっていく

ぼくの旗は
ちいさな旗は
ひとりだけの旗は
はたはたはたと
旗は

（はたはたはたと旗は）

地球規模で変容していく社会、滅亡に向かって走り続ける文明、そんな中で「いつまでもこんなことをしていいのか」と鈴木は自問する。そして、どうしても叫んでみたくなる。けれど、それは「ひとりだけの旗」でもなければ「ひとりだけの叫び」でもない。たくさんの声の集まった大きなうねり、それは、作品「七月の太陽」の誕生である。

あなたが誕生したのは七月だ

人が人を愛する優しい心が
確かな礎となってひろがっていった
ひとりひとりの善意という意志を培い
地球の回転とおなじように呼吸をつづけてきた

あなたは
闇の深い時代がつづいたときにも

かすかな光と確固とした未来を描き
岬の灯台のように立ちあがっていた

ひろがる海の波頭のように
つきることのない歴史を信じてきたから
向かい風にも胸をはり
声を挙げて走りつづけてきた

あなたは
いつのときも戦争反対の旗幟を鮮明にして
いのちをかけてきた
貴重な時間を刻みつづけてきたのだ

風に揺れていた苗木も
いま大樹になって花を咲かせ葉を繁らせている
それぞれの歴史を積み重ね

紺碧の空は強靭な響きを讃えている

あなたは
明晰な理性とともに
新しい地平にたっている
太陽は頭上に輝いていた

あなたが誕生したのは七月だ

七月の太陽は、いまある現実の空を「ほんとうの空」に蘇らせるために輝き続けることだろう。その下で、はたはたはたと、旗を振る詩人鈴木太郎の顔が眩しい。

あとがき

前詩集『八月の存在』を出版してから十年が過ぎた。詩を書くことに旺盛に取り組んだということではないが、年に数篇は書き続けてきた。数の上だけではかなりの蓄積となった。そこで、八十歳を迎えるに当たって、七冊目の詩集としてまとめることにした。三十篇の作品を三つの章に分けて収録した。多分、最後の詩集になるであろうと思う。

この十年間の社会的な状況は、東日本大震災を初めとして、さまざまな変化に直面してきた。七十歳台の前半はまだ体力もあり、戦争法反対や反原発などの国会前などの宣伝行動にも参加することが多かった。しかし、後半になると体力も鈍り、せいぜい地元での行動範囲となってしまった。病気との対峙も多くなった。たとえば、十二指腸潰瘍や肺炎、気管支炎などにかかったことである。体力の回復を待つ時間が多くなり、夜の長さが身に染むようになった。時間を持て余すように言葉を紡ぐ時期でもあった。

前詩集のあとがきで、「詩のことばの世界と、芝居のことばの世界とが、自分の中で呼応しあうような存在になっている」と記しているが、その思いはさらに深くなったように思う。演劇の世界も広くて深い、教えられることの方が多いのは確かなことだ。

収録作品は『詩人会議』、『櫟』（武蔵野詩人会議）、『漪』（同人詩誌）、『民主文学』（日本民主主義文学会）などに掲載したものである。今回、収録にあたっては、かなり大幅に改作を試みた。作品によっては発表時と違った印象を受けるかも知れない。

詩集制作にあたっては、中原道夫さんに多くの示唆をいただいた。そのうえ、題字や表紙、扉の装丁、跋文までも飾っていただいた。幸甚である。また、出版社の浅野浩さんにも多大な支援をいただいた。深く感謝である。

最後に、二十歳から詩を書き始めて八十歳を迎えた自分を、自分でほめてあげたいという思いになっている。そして、多くの仲間たちの出会いや励まし、家族の支えがあったことを誇りにしたいと思っている。

二〇二〇年立春の日に

鈴木太郎

著者略歴

鈴木太郎（すずき　たろう）

一九四〇年　京都市生れ、大阪で育つ。
一九六六年　詩集『みんなこいよ』（大阪詩人会議双書・序＝門倉訣、解説＝市川清）
一九七〇年　詩集『旗を貼る』（金属詩の会双書・序＝高瀬昇夫）
一九七七年　詩集『雑木林のむこうに』（芸風書院・跋＝黒田三郎）
一九八九年　詩集『少年の戦場』（青磁社）
二〇〇〇年　詩集『六月の十日間』（ふきのとう書房）
二〇一〇年　詩集『八月の存在』（詩人会議出版）
二〇一八年　コラムエッセイ集『暮らしの中の詩――短詩交流』＝『新日本歌人』24回連載＝（私家版）

詩人会議会員、武蔵野詩人会議会員、詩誌『漪』同人
個人誌『太郎の部屋』編集・発行（二〇〇七年～一七年、季刊＝現在休刊中）
マスコミ文化九条の会所沢　世話人・事務局／九条の会・詩人の輪　世話人
文団連（文化団体連絡会議）個人幹事・機関誌『まい』編集長
演劇ライターとして、「しんぶん赤旗」、『前衛』、『演劇会議』などに劇評を執筆

現住所
３５９－００４１　埼玉県所沢市中新井五－一－四－五〇四
TEL　０９０（９８５２）１９２８
eメール　pidjb600@ybb.ne.jp

谺《こだま》する風景

2020年5月1日　初版第1刷発行

著　　者　鈴木太郎
発行者　浅野　浩
発行所　株式会社 東方社
〒358-0011　入間市下藤沢1279-87
電話・FAX　(04) 2964-5436
印刷・製本　株式会社 興学社

ISBN978-4-909775-03-0 C0092 ¥1800E

【epoch叢書】

ひとつの時代、ひとつの季節を生きる時、それまでとは異なった特徴ある一時期に新境地を開き、象徴的な季節を生きる中で、自己の内面を記録し、さまざまな形式に築き上げ、纏めたものを一定の形式に沿って上梓する。